MON SONGE,

SATYRE,

IMITÉE DU GREC DE LUCIEN,

SUIVIE

DES SENSATIONS

D'UN

HOMME DE LETTRES;

PAR M. DUCHOSAL,

Avocat en Parlement.

C'eſt en vain que je veux abjurer la Satyre,
Je ne ſaurois bâiller, ſans hautement le dire.

Épigraphe tirée de l'Ouvrage.

AU MONOMOTAPA,

Et ſe trouve A PARIS,

Chez L'AUTEUR, rue Montmartre, au coin de celle du Maille.
CAILLEAU, Imprimeur-Libraire, rue Galande, Nº. 64.
Et les Marchands de Nouveautés.

M. DCC. LXXXIII.

On trouve encore chez les Marchands de Nouveautés, LES EXILÉS DU PARNASSE, *Satyre, par le même Auteur, qui travaille à la dernière Édition de cet Ouvrage.*

A UN VIRTUOSE.

MONSIEUR,

Vous me marquez dans votre dernière Lettre que vous viendrez bientôt à Paris, pour y voir les grands Hommes. Vous me nommez entr'autres M. Philidor, dont la Musique vous a tant de fois rempli d'admiration & d'étonnement. J'apprends avec plaisir que l'on s'entretient souvent de ses productions en Italie. Je n'en suis pas étonné: le goût que je connois à vos Compatriotes, est plus à l'épreuve que le nôtre. Chez vous, l'on s'instruit par inclination; ici, les Arts sont partie de la mode. Vous les idolâtrez, & nous les aimons.

Vous savez que la Comédie Italienne est achevée. A l'imitation du Théâtre François, on a donné à plusieurs rues le nom des plus célèbres Auteurs. Le croirez-vous, Monsieur? On a eu l'ingratitude d'oublier M. Philidor, & de préférer M. Grétry. Ne pensez pas qu'aucun Citoyen ait été assez hardi pour dire hautement son avis. Tout le monde alloit admirer le nouveau Temple que l'on venoit d'élever, & personne n'a semblé s'appercevoir qu'il y manquoit une des principales Divinités. Je ne chercherai point à prouver que M. Grétry l'emporte ſur M. Philidor, ni que M. Philidor l'emporte ſur M. Grétry : c'eſt au Public à le decider; mais je croyois que l'on auroit dû donner la préférence à l'Auteur d'Ernélinde, qui eſt l'inſtituteur de l'Opéra-Comique. La route étoit frayée quand M. Grétry eſt entré dans la carrière. N'eſt-ce pas avec raiſon que les autres Peuples nous appellent des êtres ſans énergie & ſans vigueur? Adieu, Monſieur; les ſottiſes de ma Patrie me font rougir bien ſouvent pour elle. Je ſuis avec les ſentimens les plus diſtingués,

MONSIEUR,

Votre très-humble
& très-obéiſſant ſerviteur,
DUCHOSAL,
Avocat en Parlement.

Paris, ce premier Avril 1783.

EXTRAIT (*)

DU SONGE DE LUCIEN.

« JE n'avois pas encore quinze ans, dit » Lucien, & n'allois plus à l'École, lorſque » mon père délibéra avec ſes amis, pour » ſavoir ce qu'il devoit faire de moi. Plu- » ſieurs n'approuvoient pas qu'on me fît » Homme de lettres, à cauſe de la médio- » crité de ma fortune; le plus grand nombre » pencha pour un métier. Cette opinion fut » ſuivie: il ne reſtoit plus que d'en trouver » un qui fut honnête. Mon père, jettant » l'œil ſur mon oncle qui étoit excellent » Sculpteur, que ne lui apprends-tu le tien, » lui dit-il? La propoſition fut acceptée: » mon oncle me mena chez lui, & me donna » un ciſeau. Mais au lieu de tracer légère-

(*) Je donne cet Extrait en faveur de ceux qui ne ſavent pas le Grec, ou qui n'ont pas la Traduction du célèbre Perrot d'Ablancourt.

» ment quelque figure ſur la pierre, j'ap-
» puyai ſi lourdement, que la pierre ſe
» rompit. Mon oncle, irrité, me frappa :
» je courus au logis en pleurant. Le ſoir
» venu, je me couchai, & ne fis que rêver.
» Il me ſembla voir deux Dames ; l'une,
» groſſière & mal peignée, (la Sculpture :)
» l'autre, honnête & délicate, (l'Éloquence.)
» Cette dernière me fit tant de promeſſes,
» que je lui donnai la pomme. L'Éloquence,
» pour me récompenſer, me fit monter avec
» elle dans ſon char, & nous voyageâmes
» enſemble d'Orient en Occident. Elle me
» ramena enſuite dans ma Patrie, comblé
» de gloire, & me rendant à mon père qui
» m'attendoit avec impatience : Voilà ton
» fils, lui dit-elle, vois de quel bonheur
» tu l'aurois privé ſans moi » !

MON SONGE,

SATYRE,

IMITÉE DU GREC DE LUCIEN.

QU'UN nouveau Desmarêts, en célébrant d'Estaing,
Décrive le fracas de cent bouches d'airain,
Le choc des ennemis, la chûte des murailles,
Les douceurs de la paix, & l'horreur des batailles;
Qu'il peigne le trépas de mille combattans,
Les vaisseaux devenus des sépulchres flottans,
Des vents conspirateurs l'impitoyable rage,
Et Neptune en courroux, sucitanr un naufrage;
Que l'ampoulé T..... (*a*), dans ses Vers orgueilleux,
Rappelle les exploits d'un Czar ambitieux:
Enfin, que C...., traversant la Tamise,
Par le secours d'une Aigle exalte la sottise.

(*a*) Je rends toute la justice qui est dûe à cet Académicien estimable; mais ses plus grands Partisans ne pourront disconvenir qu'il a fait un usage outré de la métaphore; ce qui rend son style hyperbolique.

Pour moi, petit Auteur, d'un pamphlet ignoré,
Avec L.... & Ch.... dans l'oubli demeuré,
Dont le jeune Apollon, ennemi de l'emphase,
Ne fait pas de grands mots saupoudrer une phrase;
En dépit des jaloux, j'entretiens mon Lecteur
Des prestiges d'un rêve aimable & séducteur.
Or, je termine ici mon long préliminaire;
Que mon Songe, Messieurs, soit notre unique affaire.
Je commence: écoutez. J'avois dix-huit printems,
Lorsque mon père un jour assembla mes parens.
Avec un air discret, mon oncle Dorimante
Me fit, en bégayant, cette leçon dolente:
« Le Ciel vous abandonne, & déja les Enfers
» Vous soufflent le desir de composer des Vers.
» Tremblez, mon cher neveu; vous aimez à médire;
» Vous distillez par-tout le fiel de la Satyre:
» Croyez-moi, l'on vous blâme, & ce genre odieux
» Vous rendra pour jamais coupable à tous les yeux.
» J'entens, de toutes parts, déchirer votre Muse;
» On dit qu'un vain desir vous trompe & vous abuse.
» Jeune homme, à rimailler ne perdez plus de tems;
» A..... l'a publié, vous êtes sans talens.
» Le Journal de Paris méprise votre Ouvrage;
» A-t-il de vos Discours cité quelque passage?
» Avez-vous au Mercure un ami complaisant,
» Qui prône, avec bonté, votre Apollon naissant?
» Vous ne connoissez point G...., & La....
» Illustres soudoyés de la Troupe immortelle,
» Et vous voulez encore, au sommet d'Hélicon,
» Avec témérité, faire asseoir votre nom!
» Devenez citoyen, imitez mon exemple;
» Rejettez ces lauriers que votre orgueil contemple.

» Vous l'ordonnez en vain, lui dis-je avec chaleur ;
» J'ai joué trop long-tems le rôle de Lecteur (*b*) ;
» Je prétens qu'à mon tour on vienne aussi me lire :
» Je fus admirateur, & je veux qu'on m'admire.
» D'un moderne Empédocle (*c*) on vante les écrits,
» Et je n'oserois pas faire entendre mes cris !
» Non, non, je ne veux plus, par foiblesse ou par crainte ;
» Captiver lâchement une froide contrainte.
» La foudre dans mes mains est lasse de dormir ;
» C'est trop peu de railler, c'est trop peu de gémir.
» Ma Muse est bouillonnante, & demande la guerre :
» Boileau frondoit Cotin ; moi, je fronde Le....
» Oui, je le jure encore, en Vers persécuteurs
» Je prétens harceler tous les mauvais Auteurs.
» Je crains peu qu'un grand Duc m'accable de sa haîne ;
„ Pour s'immortaliser faut-il donc un Mécène ?
» Qu'un autre aille humblement de nos jeunes Seigneurs
» Caresser, sans rougir, les dédains protecteurs ;
» Mon étoile, en naissant, m'a formé véridique (*d*) ;
» J'ose m'énorgueillir du nom de Satyrique :

(*b*) Imitation de Juvenal: *Semper ne auditor tantum*, &c.

(*c*) Fou de l'antiquité, qui pensoit braver impunément les brasiers du Mont Etna, dans lesquels il fut consumé. Le moderne Empédocle, c'est M. D........ Quand on voudra, je prouverai que sa Métaphysique & ses autres Ouvrages sont un tissu d'absurdités.

(*d*) Εχθρος γαρ μοι κεινος ομως αιδαο πυλησιν
Ος χ'ετερον μεν κευθει ενι φρεσιν, αλλο δε βαζει.

Homere, Iliade, Livre 9, Vers 313.

Je déteste, autant que les portes de l'Enfer, celui qui dit autrement qu'il ne pense.

» Plus hardi, s'il se peut, je détruirai l'Autel;
» Où mon siècle consume un encens criminel.
» Je n'épargnerai rien : le nom & la naissance
» Ne m'imposeront point un timide silence.
» Allez en d'autres lieux, puissans Déprédateurs (e),
» Chercher des Écrivains toujours Approbateurs,
» Apologistes froids, dont l'esprit mercenaire
» Rende de vos trésors sa verve tributaire;
» Mais le noble Crillon deviendra Roturier;
» Pé.... un Lafontaine, & T... un Gerbier :
» Le Chantre des Jardins surpassera Virgile;
» A... composera le Devin ou l'Émile.
» Le maigre Richard Trois (f) surprendra l'univers,
» Avant que des mortels je taise les travers.
» C'est en vain que je veux abjurer la Satyre;
» Je ne saurois bâiller, sans hautement le dire.
» Dès qu'on cherche à citer un Conteur ennuieux,
» Je nomme, sans attendre, ou Ch.... ou D....
» On diroit que leurs noms, dictés par la nature,
» Sont faits pour égayer la rime & la Censure;
» Et sans être contraint de bannir la raison,
» Je puis de trente Auteurs pulvériser le nom.
» D'anéantir ma verve, est-il en ma puissance ?
» Puis-je étouffer mes Vers, quand ils prennent naissance ?
» Encor si mes écrits, fruits pénibles de l'art,
» Martelés froidement, s'échauffoient au hasard,

(e) Je veux parler ici des Banqueroutiers de mauvaise-foi, dont le nombre ne fait que s'accroître de jour en jour.

(f) Tragédie de M. de R...., Citoyen de Toulouse. Il vient de rétablir sa réputation, en donnant la fameuse Comédie de *la Clémence de Henri quatre.*

» Et que, pour enfanter un débile acrostiche;
» Il me fallut deux mois limer un hémistiche;
» Je craindrois de rester dans ces vieux magasins,
» Où l'on a relégué M... & les Jardins.
» Mais tout ce que je vois & m'anime & m'inspire;
» Je suis, à chaque instant, dans un bouillant délire.
» Paroit-il un Auteur, jusqu'au bout je le lis,
» Et s'il est ennuieux, aussi-tôt je l'écris.
» A ma caustique humeur rarement je déroge;
» J'aimerois comme un autre à prodiguer l'éloge;
» Mais dirai-je à l'Auteur des Bijoux indiscrets,
» Qu'au Temple de Mémoire il doit vivre à jamais;
» Et dois-je sottement, pour complaire aux Quarante;
» Célébrer d'Arouet la Muse inconséquente;
» Apprendre, en me pâmant, le dur Guillaume Tell (*g*),
» Et siffler Aristote, en prônant M.....?
» Je dors, lorsque je lis la froide Stéphanie;
» Je bâille, quand je vois la pleureuse Eugénie:
» Faut-il à Richardson (*h*) préférer B....,
» Sur le trône de Plaute élever B.... (*i*)?

(*g*) Tragédie de M. Le M.... Je ne conçois pas comment on n'a pas encore forcé l'Auteur de changer les deux premiers Vers. Il est Académicien; j'en suis d'autant plus étonné, que je m'imaginois que la première condition pour l'être étoit, au moins, de savoir parler François.

(*h*) Auteur Anglois qui a composé Miss Clarisse, Roman où brille le plus grand génie. L'Héloïse de Jean Jacques Rousseau est seule capable de balancer sa réputation.

(*i*) C'est deshonorer la Littérature, que de favoriser le genre facile du Drame. Pour peu qu'on ait l'habitude d'écrire, on peut

» Quand ils ont infecté les sources de la gloire ;
» Irai-je, en lettres d'or, consigner leur Histoire ? . . .

» A berner les Auteurs passez ainsi vos jours,
Me dit un mien parent charmé de mon discours.
» Cet emploi détesté n'estque trop nécessaire
» Pour ridiculiser une troupe éphémère,
» Dont l'esprit médiocre & les talens ingrats,
» Ne figurent jamais que dans les Almanachs.
» Cousin, j'aime à vous voir, rempli de hardiesse,
» Dans sa retraite même assiéger la foiblesse.
» Si, loin de courtiser la folle vanité,
» Les hommes bonnement disoient la vérité,
» On verroit moins de gens prodiguer à la France
» Les fruits soporatifs de leur grave ignorance.
» L'État seroit purgé de tant d'êtres communs,
» Frondeurs sempiternels & toujours importuns. . . . »
A peine a-t-il fini que le Conseil s'irrite ;
L'un blâme mon penchant ; l'autre, rêve & médite.
Enfin, tous les avis mûrement disputés,
Vont rassurer bientôt mes esprits agités :
On veut que, renonçant à mon art trop frivole,
J'aille dans une étude approfondir Barthole ;
J'ai beau me récrier, plus d'Homère pour moi
Il faut que j'interprète & le Code & la Loi.
Au lieu de savourer les beautés de Virgile,
Je n'étudierai plusque la Combe & le Style ;

---

faire un Drame en huit jours. Si j'étois Directeur d'un Théâtre, j'en proscrirois cet enfant désavoué par le bon goût. M. le Marquis de C. . . . . . . l'a cependant prôné en pleine Académie.

Et toi, cher Juvénal, dont la plume d'airain
Fit pâlir tant de fois le vulgaire Écrivain ;
Toi, dont l'art courageux a pour moi tant de charmes ;
Je vais t'abandonner, & prendre d'autres armes.
Cependant j'obéis. Avant le point du jour,
Je me rends triſtement dans un obſcur ſéjour,
Où trois Clercs décharnés, la paupière mi-cloſe,
D'un teint jadis vermeil voyoient mourir la roſe.
Plus de mille doſſiers, l'un ſur l'autre entaſſés,
Environnoient les murs d'affiches tapiſſés :
De gros & forts barreaux repouſſoient la lumière ;
On eût dit que le Ciel ſonnoit l'heure dernière,
Et plongeant les humains dans l'éternel repos,
Alloit du monde entier faire un affreux cahos.
Un grave Procureur, tout caſſé de vieilleſſe,
Un Exploit à la main, de m'aborder s'empreſſe.
Déja je preparois un début éloquent :
« Mon ami, me dit-il, trêve à tout compliment ;
» Nous n'en faiſons jamais, nous autres gens d'affaires,
» Et la civilité n'eſt pas de nos myſtères.
» Tenez, placez-vous là ; ce banc eſt un peu dur,
» La table raboteuſe, & le logis obſcur ;
» Mais on ſupporte tout, quand on eſt à votre âge :
» Mon Clerc va dans l'inſtant vous donner de l'ouvrage ».
A ces mots, il s'enfuit dans un noir Cabinet,
Où la pâle avarice encenſe l'intérêt.
Dans ce Temple odieux où l'on défend le crime ;
Tout Sacrificateur devient une victime.
La Veuve & l'Orphelin, défendus à grands frais,
Épuiſent vingt tréſors pour gagner un procès ;
Les arts en ſont proſcrits : bien ſot qui ne peut dire
Ce qu'une ſomme immenſe en un mois doit produire ;

Et d'un Voltaire même on n'y fait nul état,
S'il ne connoît à fond tout Ferrière ou Domat.
Cette étroite prison effrayoit ma jeunesse;
Je sentois dans mon cœur s'allumer la tristesse,
Lorsque le Maître-Clerc, plus humble, plus soumis,
Que n'est au jour de l'an le paresseux Commis
Me donne à griffonner une longue Requête.
Pour expliquer les mots, je me cassois la tête;
Je ne comprenois rien chez ce peuple étranger:
Je croyois lire encor Rosine (*k*), ou B.... ger.
Quel contraste, grand Dieu! N'a guère avec Ovide
Je ne m'entretenois que du Temple de Gnide;
L'amoureuse Sapho, l'enchanteur de Téos (*l*),
Me transportoient souvent d'Amathonte à Paphos:
On ne me vantoit plus Vénus & sa ceinture;
Les mots que j'écrivois, outrageoient la nature.
Qu'étiez-vous devenu, sage & divin Platon?
J'oubliois vos écrits, j'oubliois votre nom;
On avoit exilé de ma bibliothéque,
Et Perse, & Rabbener (*m*), & Boëce (*n*), & Sénèque.

(*k*) Pièce en Vaudevilles de MM. P.... & B... Avec *le Mariage in extremis*, c'est leur plus mauvaise production. On n'a jamais fait d'Opéra-Comique plus extravaguant.

(*l*) C'est Anacréon, natif de Téos, Ville d'Ionie. Platon dit qu'Hypparchus, fils de Pisistrate, eut tant d'estime pour cet aimable Poëte, qu'il envoya à Téos, & l'engagea de venir à Athènes.

(*m*) Rabbener, Poëte satyrique Allemand.

(*n*) Boëce; il étoit aussi bon Poëte que Philosophe. *Sa Consolation de la Philosophie* est d'une mélancolie tout-à-fait sublime. Il a fini ses jours bien malheureusement. Il fut décapité, par l'ordre de Théodoric, Roi des Goths, vers l'an 524 ou 526. Ce grand

Ce destin rigoureux m'inspiroit de l'horreur,
Et de mes jeunes ans faisoit sécher la fleur;
L'absinthe succédoit à la douce ambroisie,
Et des flots d'amertume empoisonnoient ma vie.
Jardins délicieux, & vous, bosquets fleuris,
Où j'allois admirer, ou Tibule, ou B**,
Bosquets, où quelquefois la jalouse fauvette
Venoit me rappeller les feux de ma Nanette;
Lorsque je ne vis plus vos contours séducteurs,
Mes yeux furent toujours obscurcis par les pleurs.
L'on m'étaloit en vain les trésors du Pactole;
L'argent me paroissoit un méprisable idole (*o*):
Je craignois de nourrir ce monstre respecté,
Qui devoit pour long-tems ravir ma liberté;
Et je ne voulois point, à force de bassesses,
Grossir honteusement de coupables richesses.
Indigné, furieux de me voir ignoré,
J'étois, à chaque instant, de regrets dévoré;
Résolu de braver les cris & la colère,
Je me jette bientôt aux genoux de mon père:
Mes soupirs redoublés ne sont point entendus;
Je suis un criminel que l'on n'estime plus.
Je succombe, accablé sous le faix de l'injure;
Chaque mot qu'on prononce augmente ma blessure.
Enfin je me retire, & pour calmer mes maux,
Dans les bras du sommeil je cherche le repos.
Deux femmes aussi-tôt m'abordent avec rage;
L'une avoit l'œil hagard, l'autre un sombre visage.

---

homme avoit un caractère trop ferme & trod mâle pour n'être pas infortuné.

(*o*) Idole est masculin ou féminin. Patru le fait masculin dans sa troisième lettre à Olinde.

» Pourſuis, dis la première, & bravant mes appas,
» Pour l'Auteur du Lutrin abandonne Cujas.
» Reconnois à ces mots la plaintive chicane,
» Qui pour jamais, perfide, au malheur te condamne.
» Tu ſauras déſormais ce que peut mon courroux :
» Arbitre des humains, je les éblouis tous ;
» Tous viennent devant moi baiſſer un front timide,
» Et toi ſeul oſerois m'oppoſer un Égide !
» Eh bien ! jeune homme, aſpire au titre de Savant ;
» Vas ramper aux genoux d'un Acteur inſolent ;
» Comme tant d'Écrivains, vas dans ſon anti-chambre
» Souffrir complaiſamment les grands froids de Novembre.
» Soumets tous tes écrits aux loix d'un Comité,
» Et d'un Souffleur jaloux (*p*) implore la bonté.
» Vois, ſans t'en offenſer, d'ignorantes Actrices
» Sur la Proſe & les Vers épuiſer leurs caprices.
» Des Clercs & des Commis dépendent les ſuccès ;
» Gémis ſur ton deſtin, s'ils lâchent leurs ſifflets :
» De cet eſſaim nombreux mille autres doivent naître ;
» Dans le moindre Écolier tu trouveras un Maître.
» Tu ne pourras marcher, ſans être aſſaſſiné
» Des brocards d'un Cenſeur à te mordre acharné,
» Qui de tes froids dédains augurant ſa victoire,
» Par-tout, avec plaiſir, ternira ta mémoire.
» Avant qu'un Manuſcrit chez Cailleau ſoit porté,
» Vingt grimauds ſur l'ouvrage ont déja diſſerté.
» L'un vous trouve ſans nerfs, l'autre blâme une rime ;
» Là, vous êtes paſſable ; ici, l'on vous déprime.

(*p*) Il eſt bien humiliant pour les Auteurs, d'être ſoumis à des Souffleurs qui ne s'y connoiſſent pas, ou à des Comédiens qui vous reçoivent de la manière la plus impertinente. Il y a cependant des exceptions à faire ; mais peu. Je puis l'aſſurer.

» On

» On ravale toujours l'Auteur qui vit encor ;
» S'il doit avoir un nom, ce n'eſt qu'après ſa mort.
» Te ſerois-tu flatté d'imiter ce Voltaire,
» Dont le hardi clinquant éblouit le vulgaire ?
» Pourras-tu, comme lui, par ſoixante *in-quarto*,
» Faire voler ton nom juſques dans le Congo ?
» Le plus ſot Écrivain croit toujours qu'il excelle ;
» Souvent pour un beau feu l'on prend une étincelle :
» Tu t'abuſes peut-être autant que ces Rimeurs,
» Qui ſouillent tout Paris de leurs Vers endormeurs.
» Ils s'aveuglent l'un l'autre, & leur Muſe innocente
» Va croupir, ſans Lecteurs, chez Brunet, ou chez Vente.
» A quoi ſert dans l'État un Verſificateur ?
» Eſt-il de nos abus l'heureux réformateur ?
» En vain dans ſes écrits il fronde leur empire ;
» On les a tous blâmés, ſans pouvoir les détruire.
» Mon art, que l'on mépriſe, eſt utile aux mortels ;
» Sans moi, tu les verrois féroces & cruels,
» Le poignard ſur la gorge écraſer l'innocence :
» Tout plieroit ſous le joug d'une infâme puiſſance.
» Sans le glaive des Loix, le crime audacieux
» A l'humble probité feroit baiſſer les yeux.
» Remonte à ma naiſſance ; elle étoit belle & pure ;
» Et j'étois autrefois la ſœur de la nature.
» Sous le nom de Thémis on vantoit ma candeur ;
» Mais la rouille des tems obſcurcit ma ſplendeur.
» Venge-moi, tu le peux, & rétablis mon trône,
» Je partage avec toi l'honneur de ma conronne ;
» Plutus a corrompu mon Peuple ambitieux,
» Délivre mes regards de ce monſtre odieux :
» Je commence à rougir de mon vil eſclavage ;
» Je ne ſouffrirai plus déſormais qu'on m'outrage.

» Fais renaître au Barreau l'antique liberté ;
» L'Avocat n'eſt pas fait pour la captivité.
» On a vénaliſé le pouvoir de défendre ;
» Sans caindre pour ton ſort, refuſe de te vendre.
» Tâche de balancer la gloire de Patru ;
» Fais trembler les tyrans, combats pour la vertu.
» Ger.... ſurpaſſe encor Clé.... & ſes émules ;
» Le crime eſt dangereux, & non les ridicules.
» Qu'importe à l'univers que le riche Mondor
» Captive dans ſon coffre un immenſe tréſor,
» Ou qu'un froid Adonis, charmé de ſa perſonne,
» S'imagine enchanter tout ce qui l'environne !
» La France dans ſes murs renferma bien des ſots :
» Ont-ils jamais troublé notre commun repos ?
» Si tu veux devenir immortel, tu peux l'être ;
» On ſe rappelle encor le beau nom de le Maître.
» Pour le bonheur public les Savans n'ont rien fait,
» Et Corneille eſt ſouvent éclipſé par T** get.

» AMI, ne ſouffre pas qu'on vienne te ſéduire ;
» Tu dois me reconnoître, & je ſuis la Satyre.
» Anéantis d'un mot tous ces Littérateurs,
» De gloire & de lauriers fameux uſurpateurs,
» Et ces petits Abbés qui deviennent Poëtes,
» En aſſiégeant toujours les Ducs & les toilettes ;
» Qu'il ne ſe trouve plus d'Auteurs aſſez hardis
» Pour ſigner, ſans rougir, de ſtupides écrits.
» Peux-tu bien te réſoudre à garder le ſilence !
» Ses Œuvres à la main, viens ſiffler l'impudence,
» Et briſe les Autels du poupart effronté,
» Qui vante les Rimeurs, pour en être vanté ;
» Et faiſant de ſa Muſe un trafic ſacrilége,
» Inonde les Palais de ſes Vers de Collége ;

» Ose mentoriser ce Poëte prétendu
» Défenseur des Pédans dont il est défendu (q).
» Mais retiens cet avis : trop de fiel deshonore,
» Une aimable ironie avec art doit éclore ;
» Le Lecteur irrité déprime un jugement,
» Quand on devient amer, au lieu d'être plaisant.
» Il vaut mieux conseiller l'Écrivain qui s'égare,
» Lui prouver, sans aigreur, qu'il est fade & bisarre.
» Un jeune Dramaturge, entichés des Romans,
» Pâlit sur Baculard pour trouver quelques plans :
» Des sentences, des points ont charmé le Parterre ;
» Il croit que ses discours convertiront la terre.
» Il seroit, à l'entendre, élevé jusqu'aux Cieux,
» S'il avoit existé dans des tems plus heureux.
» Mais le François volage & peu mélancolique,
» N'aime pas les vapeurs du venin Dramatique.
» L'on ignore aujourd'hui la prose de Sylvain,
» Tandis que l'on apprend Régnard ou Poquelin.
» On rappelle sans cesse Électre, Idomenée (r),
» Et l'on ne connoit pas les Fastes de l'Année (s).
» Sé. . . . . est oublié, comme son gros Recueil ;
» On l'enterre vivant dans le même cercueil,
» Où réposent M. . . . , & tous ces faiseurs d'Odes,
» Qui débitent par-tout leurs grandes périodes.

(q) M. L'.... D****, de l'Académie Françoise. Le succès de son dernier Ouvrage, prouve combien notre siècle est frivole & sans goût.

(r) Tragédies de l'illustre Crébillon. Électre a peu d'égales.

(s) Les Fastes de l'Année, Poëme fort mauvais, en 16 Chants ; il est de M. le M. . . . .

» Ton siècle est ridicule & toujours mécontent :
» Qu'il soit énorgueilli d'avoir produit Q * * * *.
» Pourquoi donc regretter & Corneille & Racine ?
» N'avons-nous pas A.... & G..... & M...(t)?
» Veux-tu, Peintre hardi, varier tes tableaux ?
» Dévoile, sans pitié, tous ces petits Héros,
» Qui, d'un cercle imbécile, enchantant les oreilles ;
» A nous faire dormir ont consacré leurs veilles.
» Dans les doctes greniers ils commandent en Rois ;
» Aux modernes Cataux (u) ils vont donner des loix,
» Le morne & long amas de leurs fades mesures,
» Des Madrigaux sans goût, des Épîtres obscures,
» Un discours sans vigueur, des Bons-Mots rebattus,
» Des Contes assommans, de pointes revêtus ;
» Quelques petits Quatrains, des Pièces érotiques,
» Et ce déluge affreux de Poëmes Épiques,
» Malgré leur ridicule, ont toujours des appas
» Pour un sexe léger qui ne s'y connoît pas.
» De-là, ces noms fameux illustrés par nos Dames,
» Et ces fiers inventeurs de sottes Épigrammes.
» Que de frippiers d'écrits tu pourrois allarmer,
» Si ton esprit malin vouloit tous les nommer !

(t) A**, Souffleur de la Comédie Italienne ; il a beaucoup contribué à la décadence de ce Théâtre, qui est devenu la retraite des plus mauvaises productions. G..., Auteur de plusieurs Pièces en Vaudevilles d'un fort mauvais ton : puis, quel métier que celui de Parodiste! M..., mauvais Littérateur ; il a fait beaucoup d'Ouvrages, aussi peu connu que son nom : j'en excepte cependant Orphée & Euridice, que la Musique de M. Gluk a sauvé du naufrage dont les paroles étoient menacées.

(u) Personnage des Précieuses Ridicules.

» A l'ombre du filence il faudroit les réduire :
» Quand on écrit fi mal, on ne doit point écrire.
» Adieu : réfléchis bien fur mes juftes avis ;
» Je te crois trop fenfé pour couronner Thémis ».
La Veuve de Gilbert (*v*) me parut encor belle ;
J'adorai fon efprit, je m'enflammai pour elle.
Depuis, tous les matins je me rends à fa Cour,
Et le fombre Vefper m'y trouve à fon retour.
Clément, encor charmé des traits de fa Maitreffe ;
Vient avec Paliffot vifiter la Déeffe.
Dans un fimple réduit, où, pour tout ornement,
L'on voit de Defpréaux l'antique monument,
Où le fameux Régnier fous un marbre repofe,
Contre L*** & S**** (*x*) nous armons notre glofe.
C'eft là que Barruel vint faire, en s'amufant,
Du Navet & du Chou le Conte fi plaifant.
Le journalifte oifif nous écoute à la porte ;
Ce qu'il peut retenir, promptement il l'emporte,
Et le refte, fans art, compilé dans Fréron,
Une fois, en dix jours, forme un trifte Sermon.
A** des Écrivains l'impertinent Mercure,
Fâché d'être inconnu, les fronde & les cenfure ;

(*v*) Poëte Satyrique qui ne le cède pas à Boileau. Il eft bien malheureux qu'il foit mort à 28 ans. Il auroit fans doute illuftré le Parnaffe François.

(*x*) M. S*** eft, fans contredit, un de nos plus éloquens Profateurs ; mais on ne peut l'approuver d'avoir voulu faire paffer Jean-Jacques pour un fou. Je conviens qu'il affectoit un peu l'originalité ; mais l'Auteur du *Contrat Social* fera toujours l'homme du plus profond génie. Il y a tant de vivans que l'on peut ridiculifer ! Pourquoi s'adreffer aux morts ?

Mais quand ce pauvre Abbé tranche du bel-esprit ;
On lui montre ses Vers, & bientôt il rougit.
Si le Public approuve un Songe imaginaire,
Je rêverai souvent pour tâcher de lui plaire.

BARBOUILLEURS de papiers, dont le corps méprisé
Marche, pour se nourrir, sur les pas de Visé (*y*),
Ne deshonorez plus notre aimable hémisphère ;
Vous n'êtes rien pour nous, il vaudroit mienx vous taire.
L'Idole qui mérite un Temple & de l'encens,
A bientôt excité vos longs croassemens,
Et vous osez prêter une voix de Sirène
Aux sombres habitans des fanges d'Hippocrène :
Au lieu de nous gloser dans vos méchans fatras,
Illustrez notre siècle, & ne l'abaissez pas.

(*y*) Journaliste qui vivoit sous Louis XIV. Il y a peu de Journalistes sincères : tous même sont faux ; j'en excepte M. Sautereau de Marsy, dont la franchise est connue. M. G*** m'accabla d'éloges, quand je lui parlai de *mes Exilés du Parnasse.* J'ai sçu que depuis il avoit dit hautement que ma Satyre étoit mauvaise. Il y a trois ans, j'étois son Ecolier ; je suis charmé de pouvoir lui donner cette petite leçon à mon tour. Puisse-t-il en profiter, pour ne plus tromper les autres ! Pour moi,

Jamais impunément je ne fus offensé.

Fin de la Satyre.

LES SENSATIONS

D'UN

HOMME DE LETTRES.

A MADAME LA COMTESSE DE C***.

MADAME LA COMTESSE,

MALGRÉ la liberté que vous m'avez donnée, permettez que votre nom soit un mystère. Que penseroit-on dans le monde d'une Femme qui jette un regard favorable sur un Satyrique, & principalement sur moi, dont on ne rougit pas de ternir impitoyablement la réputation? Depuis que je me suis retiré de ces Sociétés bruyantes & dangereuses, où le vice & la méchanceté, pour égorger leurs victimes, prennent le manteau de la vertu & de la bonhommie, mille calomniateurs tâchent d'empoisonner mes jours, qui pourroient l'être, s'ils n'étoient aussi purs. Jadis on m'y dressoit des autels, maintenant on voudroit me crucifier. Vous n'êtes pas étonnée de cette inconstance: vous connoissez les hommes; pour moi, je n'en fais que rire, quand je m'entends décrier par ces mêmes Enthousiastes qui me déifioient, parce que je les fréquentois alors. On a découvert toutes les pratiques du Tartuffe, on découvrira de même mes Délateurs. Je ne chercherai point à les réfuter ; on ne se justifie que quand on est coupable. Je sais qu'ils répandent par-tout qne je fais imprimer en Hollande une seconde Satyre : c'est celle que j'ai eu l'honneur de vous lire il y a plusieurs mois (1) *; mais vous savez vous-même qu'elle doit demeurer ensevelie dans l'oubli. Cependant des gens désœuvrés, & qui ne veulent jamais laisser tomber la conversation, débitent cette nouvelle, avec la plus impudente assurance : ils poussent même la hardiesse jusqu'à dire qu'ils connoissent l'Auteur ; que cet Auteur leur en a fait confidence : puis continuant, toujours avec autant d'art, cette amplification, ils disent m'avoir fait des remontrances ; mais qu'elles sont inutiles avec un jeune étourdi tel*

---

(1) J'en devois bien donner une ; mais ce n'est point la Satyre que l'on cite. Celle que je condamne à l'oubli, étoit intitulée : *Ma Conversion*, & celle que je mets au jour a pour titre : *Mon Songe, Satyre, imitée de Lucien ;* en attendant *Tout est mal, Réfutation du Paradoxe, Tout est bien*, & *Philopolis, Histoire Orientale, traduite du Chinois de Haukiou-Zaliour-Kenbrookouli.* Pauvres Critiques, que de peines je vais vous donner ! Comme je rirai !

que moi. C'eſt cependant ſur de ſemblables témoignages que l'on me juge. L'autre jour, je fus très-ſurpris, dans une nombreuſe Compagnie, de m'entendre nommer, comme Auteur d'un Libelle anonyme. J'eus beaucoup de peine à diſſuader, tant il eſt vrai que la calomnie trouve des zélés partiſans. Vous reconnoiſſez bien là la mal-adreſſe des Nouvelliſtes. J'ai dit hautement, (& ſans doute ils l'ignorent,) que jamais cucun de mes Ouvrages ne paroîtroit, ſans mon nom. Vous voyez comme tous les méchans ſont ſujets à de fréquentes erreurs. J'eſpère que cette petite Brochure, où j'ai voulu peindre les Senſations d'un Homme de Lettres, va leur ſervir de nouvelle proie : les mauvais propos qu'elle excitera, nous feront paſſer quelques ſoirées agréables & divertiſſantes, ainſi qu'à toute votre aimable Société. J'ai l'honneur d'être, avec les ſentimens les plus reſpectueux,

MADAME LA COMTESSE,

Votre très-humble
& très-obéiſſant ſerviteur,
DUCHOSAL,
Avocat en Parlement.

Paris, ce 27 Janvier 1783.

PRÉFACE.

JE me reſtreins à la Proſe ; la nation poëtique eſt devenue trop nombreuſe. Je n'aime pas la grande foule. Rien de plus commun aujourd'hui que de faire des Vers. Les Amans, (eh ! quels Amans, grand Dieu !) croiroient trahir leur tendreſſe, ſi, pour la peindre, ils ne s'élevoient au ſtyle hardi d'Apollon. Les jeunes gens, pour déployer les rares tréſors de l'eloquence, ſont convenus de ne plus ſe ſervir que du langage d'Homère. Enfin, c'eſt une contagion univerſelle ; je puis bien donner ce nom à la frénéſie qui domine, puiſqu'elle a empoiſonné toutes les ſources de la gloire. On a franchi toutes les difficultés qui rendoient la Poëſie recommandable ; l'heureux deſtin de quelques colifichets, ont fait éclore un eſſaim de petits Eſprits, qui obtiennent pour leurs petits Vers des ſuccès plus petits encore. Je nomme leurs ſuccès, petits, non que le Public ſoit avare des lauriers qu'il diſtribue aux plus méchans rapſodiſtes, mais bien parce que leur réputation reſſemble à cet inſecte (1)

(1) L'éphémère. Liſez la deſcription qu'en a faite le ſavant M. Sawammerdam, pour ſervir de ſupplément à ce qu'en ont dit Ariſtote, Aldrovandus, Jonſton & Clutius.

qui prend naiſſance le matin, croît pendant le jour, & meurt le ſoir.

Auguſte fit jadis le dénombrement des citoyens qu'il avoit ſous ſa puiſſance; on devroit maintenant dénombrer la foule obſcure des Rimailleurs mépriſables, que de certaines Dames fort complaiſantes ont métamorphoſés en Poëtes. Ce titre, qui n'appartient qu'aux Malherbe, aux Regnier, aux Boileau, & enfin à ceux qui ſont capables de les égaler, ſe prodigue à de minces Chanſonniers, à des Faiſeurs d'Épîtres à Cloé; en un mot, aux mortels fortunés, qui ſe font inhumer dans le Mercure, ou dans le Journal de Paris. Je n'acheverai pas cette Critique, qui pourroit m'entraîner dans des détails trop longs (1); j'aime mieux donner l'explication de mon ſujet, parce que, pour ſentir le mérite d'un Ouvrage, il faut en comprendre parfaitement le titre.

Je n'ai pas pris le mot, ſenſation, dans le ſens métaphyſique, comme l'Abbé de Condillac. Voici ce qu'en dit l'Abbé Girard, & comme je l'ai entendu :

« La ſenſation ne va pas au-delà du

---

(1) Il ſeroit intéreſſant de faire le tableau de la Littérature moderne, de remonter aux cauſes de ſa décadence, & donner les moyens de la faire refleurir.

» phyſique ; elle fait uniquement ſentir ce » que le mouvement des choſes matérielles » peut occaſionner de plaiſir ou de douleur, » par la mécanique des organes ».

D'après cette acception, je crois avoir rempli mon ſujet. J'ai tâché de développer tous les mouvemens qui agitent le Littérateur ; j'en ai fait un homme inconſéquent, & c'eſt ainſi qu'il devoit être.

La Poéſie & l'Eloquence, ſont les fruits du déréglement de l'imagination. Pour être grand Poëte & ſublime Orateur, il faut avoir les paſſions vives ; tout homme dont le ſang eſt bouillant & impétueux, eſt ſujet à de fréquentes variations. La conſéquence que l'on peut tirer du principe que j'avance, eſt naturelle, & doit me ſervir de juſtification auprès des grands Connoiſſeurs qui abondent dans la France. Je défie le plus ſévère Lecteur de me blâmer avec raiſon : oui, je le défie ; fût-il Rédacteur des Petites Affiches.

LES SENSATIONS
D'UN
HOMME DE LETTRES.

O GLOIRE! Divinité trompeuſe, qui m'a tant arraché de ſoupirs, ne viens plus étaler à mes yeux tes charmes ſéducteurs! Le bandeau de l'erreur ne m'empêche plus de reconnoître toute ta fragilité. Je ne ſuis plus ce mortel vain, ambitieux, qui ſe laiſſoit éblouir par des fantômes : j'ai peſé dans une juſte balance le bonheur que tu procures, & les tourmens auxquels tu livres tes adorateurs; cette épreuve m'a fait trembler. Quoi! me ſuis-je dit, dois-je ſacrifier le printems de mon âge, pour aſpirer à des lauriers toujours incertains, & qu'il faut acheter aux dépens du repos, & ſouvent même de ſa fortune? Inſenſé, fuis la gloire : la perfide, ſous des chemins de fleurs, cache trop de précipices. C'eſt une coquette qui veut plaire à tout le monde; mais elle ne nourrit ſes amans que d'illuſions chimériques : ſonge qu'elle vous fait quelquefois blanchir dans ſes fers, ſans vous accorder une ſeule faveur;

vois combien d'Écrivains ſe ſont préſentés dans ſon Temple pour être ſacrificateurs, & ſont devenus les victimes de ſa colère !

Ces repréſentations que je me fais, calment pour un moment tout mon ſang qui bouillonne. Je quitte la plume ; je déchire mon ouvrage, &, pour diſſiper le trouble qui m'agite, je vais prendre le frais à l'ombre d'un chêne touffu.

Inutile eſpérance ! Le doux murmure du feuillage, un arbre giganteſque dont la cîme va ſe perdre majeſtueuſement dans les airs, l'écho qui me répète les tendres reproches d'un Amant à ſon Amante, le chant du Linot, qui, par ſes concerts mélodieux & plaintifs, appelle la timide Fauvette, tout ſemble concourir pour embrâſer mon imagination. Je voulois éteindre le feu qui me dévore & me tue, infortuné ! Je reviens mille fois plus brûlant encore : mon eſprit échauffé conçoit ſans peine ; & ma plume, qui ne trouve aucun obſtacle, ſe prête avec complaiſance aux ardeurs du génie égaré.

Que ne puis-je, âme froide & glacée, ſoutenir, comme tant d'autres hommes, le nom de l'oubli !... A ce mot ſeul, je ſens renaître mon premier courage. Le tableau d'un être qui périt entièrement en entrant dans la tombe, me fait treſſaillir. Cette penſée accablante me rend capable de braver tous les obſtacles qui s'oppoſent à mes vaſtes projets. Lâches perſécuteurs de la foibleſſe & de l'indigence, dans ces momens délicieux où je m'élève vers la gloire, je vous défie d'éteindre le beau feu qui m'anime.

Quand je compare la félicité de l'homme qui doit vivre dans l'eſprit de la poſtérité, avec le néant

néant de ces humains ordinaires, dont ont parle fort peu quand ils vivent, & qu'on oublie quand ils meurent, je ne puis m'empêcher de ſoupirer après l'une, & de verſer des larmes de rage en penſant à l'autre. A quoi donc m'auroient ſervi mes jours? Qu'avois-je beſoin de naître, ſi mon nom, connu dans les ſeuls cercles que je fréquente, doit mourir comme moi, & s'envoler avec mes cendres?

Il eſt beau d'être citoyen, ſans doute; mais n'eſt-il pas cruel de dire: « Pour de triſtes richeſſes, » qui me laiſſent encore bien des deſirs, j'ai été le » jouet des caprices de mes ſemblables. Cet or que » je poſſède, je ne l'ai eu qu'en vendant toutes les » heures de ma vie à celui qui me les achetois le » plus chèrement ». Dans quel tems, d'ailleurs, eſt-on dégagé de ſes fers? Souvent quand on ne peut jouir de ſon bonheur.

Eh! compte-t-on pour rien les remords qui déchirent quelquefois les Favoris de Plutus? La conſcience eſt étouffée, tant qu'elle eſt ſoumiſe au joug impérieux de l'intérêt; mais dès que cent tréſors accumulés laiſſent à l'homme opulent la liberté de réfléchir, que d'idées ſiniſtres viennent aſſiéger ſes eſprits! C'eſt alors qu'il ſe rappelle tous les malheureux que ſon avarice a égorgés, pour aſſouvir ſon ambition. Morts, il croit voir ſans ceſſe leur ombre gémiſſante & plaintive qui le pourſuit, en lui reprochant ſa cupidité; s'ils vivent, peut-il ſoutenir leur aſpect, ſans être déchiré par la honte, le plus accablant, ſans doute, de tous les ſupplices?

Qui me ſoutiendra qu'une ſemblable perſpective eſt préférable aux agrémens dont jouit l'Homme de Lettres ? On le tourmente, il eſt vrai ; tout le monde ſe déchaîne contre lui : la jalouſie naturelle à l'humanité, fait condamner les Sujets d'Apollon ; le Littérateur eſt preſque toujours flottant entre deux extrémités : il ne produit que de zélés Partiſans, ou de ſévères Antagoniſtes. Mais le véritable Savant doit être Philoſophe ; il voit avec dédain les efforts que l'on fait pour le terraſſer. C'eſt un Hercule qui ſe rit de la témérité des Pygmées. Semblable â Mahomet, il doit être un Dieu qui dirige les mortels, & qui n'eſt jamais dirigé. Malheur à tout génie, dont la ſoupleſſe attend pour imaginer l'approbation d'autrui ! Toujours captif, il n'eſt plus lui ; mais il eſt tout le monde. Chacun peut réclamer une partie des lauriers qu'il moiſſonne. Alors le ſuccès qu'il obtient, loin de tourner à ſa gloire, eſt plutôt une Satyre qu'on lui lance. O vous, qui naquîtes ſous une heureuſe étoile, penſez, agiſſez (1), ſuivez le penchant qui vous guide. On ne commande point au génie, c'eſt le génie qui doit commander. Jupiter, ce Dieu tant vanté dans la Fable, n'étoit qu'un homme, dont l'eſprit mâle & hardi ſavoit en impoſer. Tous ces raiſonneurs altiers qui veulent vous faire obéir, quand on ſait leur parler en maître, ſont contraints de révérer les chaînes dont on charge leur orgueil. Il ne faut jamais ſouffrir qu'ils deviennent tyrans ; il faut en faire des eſclaves. On n'eût point fait l'apothéoſe de

---

(1) *Virtute ambire oportet, non Favitoribus ;*
Sat habet Favitorum ſemper, qui recte facit.

PLAUTE, Prologue d'Amphitrion, Vers 78.

Romulus, s'il n'eût enchaîné l'admiration des Peuples par ses desseins hardis & surprenans. Quand de tels principes sont profondément gravés dans l'esprit d'un l'Écrivain, & qu'il sait en faire un usage courageux, se trouve-t-il, dans le monde, un mortel dont le bonheur soit plus pur & plus parfait ?

C'est en faisant ces réflexions, que je m'apperçois combien il est aisé de s'ériger en Moraliste, & difficile de suivre les maximes, dont on fait quelquefois un si pompeux étalage. J'ai voulu prouver que l'Homme de Lettres étoit heureux ; & dans cet instant même, je suis peut-être le plus à plaindre de tous les êtres qui respirent. Je conçois, je détruis, j'écris des Vers, ils m'ennuient, je les abandonne à la flamme ; cent projets divers m'échauffent la tête avec confusion, aucun ne sauroit me fixer. Tantot, je ne soupire qu'après l'immortalité ; tous ces grands noms placés dans le Temple de Mémoire, font fermenter mon émulation : tantôt, morne & lugubre, je ne cherche que les moyens d'être ignoré ; j'entens, sans en être ému, citer avec emphase les Montaigne, les Charron, & tant d'autres que la renommée a pris plaisir à rendre si célèbres. Pendant le jour, les efforts que l'on fait pour me convertir, absorbent mon génie ; la nuit, je suis en proie aux plus cruelles agitations ; j'enfante tout-à-la-fois une Tragédie, un Poëme Épique, un grand ouvrage de Philosophie, l'Éloge, la Satyre, la Comédie, une Histoire ; enfin, tout ce que l'esprit est capable de produire. Il me semble voir Melpomène & Calliope, qui me font un crime de mon oisiveté, & me crient avec intérêt : » Malheureux, peux-tu bien

» t'arrêter à de vaines clameurs ! Glacent - elles
» cette ardeur bouillonnante & impétueuse que
» jadis nous chérissions en toi ? Athlète imbécile
» & sans vigueur, va chercher des lices couvertes
» de roses, puisque de naissantes épines te font
» trembler. Pour être vainqueur dans le combat
» que tu vas commencer, il faut être un héros,
» & non pas un Soldat ordinaire & timide ».

Ce discours me touche vivement ; je ne me connois plus.... je pâlis.... je rougis.... Enfin, je recule d'effroi, lorsque je pense qu'il est des hommes qu'on oublie. Oui, Déesses trop séduisantes, je vous consacrerai mes jours : vous pouvez disposer de moi ; dès ce moment, je vous appartiens.... Plutus vient prolonger mon rêve, une nuit.... je me figure l'appercevoir encore. Il étoit have & livide, il avoit l'œil hagard ; je crus entendre ces paroles qu'il prononçoit avec fureur :

« Jeune homme, seras-tu toujours assez insensé
» pour mépriser mon Empire ? Pourquoi te rendre
» l'esclave des Muses ? Tu fanes la rose de tes pre-
» mières années, & pour qui, juste Ciel ! Pour
» un Dieu qui ne fait subsister ses Sujets que de
» vent & de fumée. Crains d'encourir ma haine :
» tu n'as plus à choisir entre les Sciences & moi.
» Songe que je n'accordai jamais mon amitié à
» ces immortels, que ta sotte vanité respecte
» aveuglement. Tremble, si tu marches sous les
» Drapeaux du plus cruel de mes Ennemis. Oui,
» j'abhorre Apollon.... Mais.... observe mon
» Royaume ; vois comme il est vaste ! Je recule
» de jour en jour mes frontières. Réfléchis un ins-
» tant : jette les yeux sur ces Hôtels magnifiques

» que le Peuple contemple : c'eſt moi qui les » élevai. Ceux qui les poſſèdent maintenant, jadis » avoient à peine de quoi faire conſtruire une » chaumière. Ils ſe ſont rendus mes eſclaves, ils » en ont à leur tour. J'ai forcé quelques malheu- » reux, qui ſont cependant leurs ſemblables, & » dont l'origine eſt même quelquefois plus relevée, » à vendre leurs volontés à mes Favoris. Conſens » à recevoir mes loix ; ſi tu ne refuſes pas de t'y » ſoumettre, je veux te ſurprendre toi-même : je » veux que ta voiture élégante & enrichie d'or, in- » ſulte à tes parens.... Il ne tiendra qu'à toi de » paſſer par tous les degrés de la nobleſſe.... » Il m'en auroit, ſans doute, dit bien plus encore ; mais la main du ſommeil ceſſe de s'appéſantir ſur ma paupière, je me réveille. D'abord, j'adreſſe des vœux à l'Être ſuprême (1) ; c'eſt ma première penſée ; la ſeconde, eſt pour le Dieu des Vers.

L'aurore qui blanchit la voûte azurée, l'aimable ſilence qui règne par-tout, ſont les premiers ſujets qui s'offrent à mon pinceau. Mon projet eſt auſſi-tôt détruit que conçu. Tous les Poëtes ont chanté l'aſtre du matin ; tous ont chanté cette paix délicieuſe, qui fait le charme d'une âme ſenſible. Bientôt, je médite un autre ouvrage ; il me paroît trop foible ; je le quitte ; je ſors ; la promenade

(1) Les Gens de Lettres affectent un mépris bien condamnable pour la Religion. C'eſt un mauvais exemple qu'ils ne devroient pas donner, ou, du moins, ils ne devroient pas déclamer contre les rébelles, quand eux-mêmes portent les étendards de la rébellion.

me ſemble déteſtable: on me foule, on me heurte à chaque inſtant; je ſuis dans un endroit ſolitaire; un importun m'aborde; il me cite ſes Vers, me vante ſes grands deſſeins, ſes conquêtes; il nomme tous les Seigneurs dont il dit être l'ami, fait l'éloge d'un Drame qu'il doit mettre au jour, gloſe le mauvais goût dont lui-même eſt l'eſclave; ſon individu m'aſſomme; je m'éloigne, & reviens enſevelir ma mauvaiſe humeur dans mon Cabinet.

A peine y ſuis-je entré, ma gaîté renaît. O momens délicieux, où ſolitaire & tranquille, je puis en liberté faire mouvoir tous les reſſorts de l'éloquence! Je me crois un grand Roi; que dis-je? Je ne me crois plus un homme, je penſe être un Dieu; & s'il étoit une puiſſance qui ſurpaſſât la Divinité, je croirois l'égaler encore. Alors, je me retrace tous ces hommes ſublimes, que l'antiquité la plus reculée n'a pu dérober à la mémoire. L'enthouſiaſme s'empare de tous mes ſens. Eh bien! me dis je à moi-même, quand on parle d'un célèbre Orateur, on nomme Démoſthène, ou Cicéron. Je veux écrire, & tâcher de faire oublier ces grands noms, ou du moins, s'il n'eſt pas poſſible de les éclipſer, ô mon génie, efforce-toi de partager l'admiration qu'ils ont fait naître. Cicéron, en débutant, n'avoit-il pas à combattre le fameux Hortenſius? Si ce dernier eût un vainqueur, l'Orateur Romain, que l'on vante avec tant de pompe, ne pourra-t-il pas trouver le ſien?

Hommes foibles & timides, ne venez pas m'objecter que nos ancêtres ont épuiſé tous les ſujets. Ce diſcours annonce votre incapacité. On a beaucoup dit, mais il y a encore beaucoup à dire, & le monde cessera de tourner sur son axe, avant que l'on tarisse la source, où les grands Maîtres puisent les beautés de leur art. Je ne crois point à la stérilité des sujets; je ne crois qu'à celle des esprits. Dans mille ans, nos neveux moissonneront; encore & les mauvais Écrivains, dans tous les tems, ne feront que glaner. Auteurs modernes, si vous portez vos vues vers l'immortalité, bravez les préjugés qui dominent dans une société, dont les membres ne sont pas toujours des Juges compétens. Laissez à chacun d'eux la légère satisfaction de mentoriser. Nous vivons dans un siècle où l'on veut être Philosophe, en dépit du bon sens & de la nature. On ne fait voir sa supériorité sur les humains, qu'en riant de leurs erreurs.

Quel sinistre présage vient empoisonner un instant de félicité! De toutes parts, j'entends décrier la Poésie & les Poëtes. Là, c'est un Financier, dont la grosse judiciaire me condamne sans appel; Ici, c'est un jeune Comte, dont toute l'occupation se réduit à promener dans Paris sa libertine nonchalance, qui, sans même connoître la structure d'une phrase prosaïque, prétend asservir mes Vers aux caprices de son imagination. D'un côté, le plus absurde de tous les hommes s'érige en connoisseur, & fondant sa réputation sur les débris de la mienne, veut me surpasser, pour peu qu'il exerce sa verve; de l'autre, un vieillard, qui n'entretient ses amis que du tems passé, & ne veut approuver que les productions dont on éblouissoit sa jeunesse, accuse la témérité de mes écrits. Celui-ci, me trouve obscur & trop concis; celui-l verbeux & trop diffus ; l'un eſt choqué d'une expreſſion haſardée ; l'autre, blâme la timidité de mes diſcours. Enfin, nul ne s'accorde ſur mon ouvrage. Quel fruit ai je donc retiré de mes veilles & de mes travaux ? De ſottes critiques, ou même le mépris. Non ; je ne puis ſonger à ce dernier ; ſans frémir. O trop ingrat vulgaire ! que nous reſtera-t-il donc, ſi vous nous refuſez les couronnes que nous méritons ? Oubliez-vous que l'on ne peut contribuer à votre amuſement, ſans être tôt ou tard victime de l'indigence & de mille perſécutions ? Produirez-vous de grands hommes, en ne leur offrant que le malheur pour récompenſe ? Au moins ſi vous ne ſoulagez notre Apollon, ſoyez les premiers à encourager les novices accens des jeunes Auteurs. Ses Œuvres à la main, ſifflez l'impudence, j'y conſens ; je vous y exhorte même : c'eſt un ſervice que vous rendez à la République des Lettres. Mais ne ſoyez pas injuſte, au point de n'eſtimer que les ſiècles qui vous ont précédé. Reſpectez l'antiquité ; mais n'allez pas vous enthouſiaſmer aveuglement pour elle, & croyez que, puiſqu'après Homère, Rome a vu naitre un Virgile, & qu'après Virgile tant d'autres ſe ſont encore illuſtrés ; croyez, dis-je, que les Corneille, les Rouſſeau & les Buffon, trouveront des Succeſſeurs qui n'excluront pas la poſtérité du Temple de Mémoire.

Mais, juſte Ciel ! à qui mes paroles s'adreſſent-elles ? A ceux même qui accuſent de frivolité un ſiècle qu'ils rendent plus frivole encore. Dans quel tems dreſſa-t-on plus de trônes, pour y placer la bagatelle & la fadaiſe ? Et dans quel tems enrendit-on plus de Cenſeurs murmurer contre le clinquant & le faux goût ? Eſt-il un homme aſſez courageux pour briſer leurs ſceptres dans les palais qu'on leur fait élever ? Où ſont donc ces génies rares & ſublimes, qui ſe diſent Philoſophes ? Les lâches qu'ils ſont, on les voit les premiers careſſer l'idole qu'ils mépriſent. Le nombre les accable ! Ils craignent de déplaire ! Uſurpateurs d'un titre qui ne vous convient pas, de quel droit ornez-vous vos *in-folio* du nom de Philoſophie, vous qui ne connûtes jamais ni la raiſon, ni la ſageſſe ? Ombres de Socrate & de Platon, quittez le ſéjour des morts, & venez voir quels ſont les Succeſſeurs que l'on vous donne. Vous les verriez, au milieu de la Ville, prêcher la retraite & la ſolitude, chanter les délices de la campagne, qu'ils ont à peine vue ; déclamer contre les riches, quand eux-mêmes habitent les hôtels les plus faſtueux ; chercher à flétrir l'inhumanité, & refuſer des ſecours aux infortunés ; regretter l'ancienne pureté des mœurs, & donner les premiers l'exemple du vice : en un mot, publier qu'ils ſont de nouveaux Saturnes, & réclamer la juſtice des Rois qu'ils inſultent, tandis que, par leurs actions, ils mériteroient de rouler le rocher de Syſiphe. Voilà cependant ceux que l'on vous compare : dans votre ſiècle, on les eût lapidés ; dans le nôtre, on les vante, on les admire, on en fait des prodiges, des hommes univerſels ; & pour mettre le comble à la ſottiſe, on veut les immortaliſer, en laiſſant leur portrait à nos neveux.

Ah ! combien nos deſcendans auront à rougir de nos erreurs ! Jamais on ne fut plus éclairé, dit-on, & c'eſt dans un ſiècle de lumière où l'on veut corriger l'Auteur du Miſantrope (1)? On prétend bannir de la ſcène les mots licencieux qu'il s'eſt permis dans ſes Comédies ; & que veut-on y ſubſtituer? Des calembourgs, des jeux de mots, des antithèſes déplacées.... Non, non, jamais on n'a tant affecté l'hypocriſie des mœurs. Molière obſcène!.... Continuez, achevez, illuſtres réformateurs : terminez vos périodes ennuyeuſes par ces grands mots d'honneur & de vertus, dont on ne connoît plus que le nom. A force de vanter la probité, faites croire au Public que vous avez une âme pure & ſans tache. C'eſt ainſi que Tartuffe cachoit la noirceur de ſon âme, ſous le voile impoſant de ſes beaux ſermons. Vous avez bien raiſon de fronder Molière, car il vous a peints d'une manière bien frappante.

Je ne puis m'empêcher de répandre des larmes, quand je me rappelle les beaux jours de notre Littérature. Alors, les chefs-d'œuvres de Racine, la plume d'airain de Boileau, l'éloquence mâle de Boſſuet, faiſoient trembler la médiocrité. Il falloit pouvoir entrer leur rival dans la lice, ou ramper ſous le joug du mépris.... Que ces beaux

(1) Un Autenr moderne, (& c'eſt cependant un Membre de l'Académie Françoiſe,) n'a pas eu honte de traiter Boileau d'*homme froid*, *& ſans génie.* On ne déprime guères les Satyriques, que quand on redoute la cenſure. M. Mar.... devoit néceſſairement maltraiter Deſpréaux, qui l'eût mis au rang des Pradons, des Linières & des Cotins, s'il eût vécu dans ſon tems.

jours ſont cependant obſcurcis par le triomphe de Pradon ! Se peut-il que les admirateurs du Cid & d'Andromaque aient commis une telle injuſtice?... Tu rougis, Lecteur; ah ! je le vois : tu te reconnois dans le tableau que je viens de tracer. Tu reconnois que tu as prodigué des éloges ridicules à des modernes Pradons. O mes Contemporains ! ſont-ce là des ſuffrages dignes d'un Peuple qui veut ſe piquer d'un jugement patfait? Suffira-t-il donc maintenant, pour exciter vos applaudiſſemens, de ſacrifier à la nouveauté?

Et vous, petits Écrivains ſans goût, ſans caractère, vous faites bien voir votre néant, quand, pour complaire à vos Citoyens, vous vous pliez à leurs deſirs biſarres. Malheur à qui ne cherche que l'approbation de ſon ſiècle! Les ſuccès éphémères font rarement parvenir à la poſtérité le nom de celui qui les obtient. Vous voyez des hommes, même les plus ſenſés, qui, après avoir épuiſé le plaiſir que l'on goûte au Théâtre François, vont chez Audinot diſſiper leur imagination. Quelques Pantomimes rendues agréablement, des farces quelquefois groteſques & ridicules, les contraignent à rire ; mais, dès qu'ils entrent chez eux, Racine & Corneille leur font oublier l'exiſtence même de ces ſpectacles minutieux. Il en eſt ainſi de vos productions ; on les voit une fois, rarement on les lit ; vous avez amuſé quelques tems ; un grand ouvrage paroît ; vous n'êtes plus rien pour les Amateurs ; on ne ſait plus même que vous avez compoſé. Que de veilles cependant ſont perdues pour vous ! Que de cabales raſſemblées inutilement ! Écoutez-moi ; voilà, ſi j'étois

Auteur (1), la réflexion que je ferois, avant de risquer le grand jour de l'impression :

L'estime & l'admiration, sont les deux sentimens qu'attend l'Homme de Lettres. Le premier élève l'âme, & l'espoir du second fait éclore les chefs-d'œuvres : ôtez-lui tous les deux, il n'est plus rien ; que dis-je ? il est bien au-dessous des autres hommes, puisqu'un plat Auteur est le plus méprisable de tous les êtres.

« Mais, répondra quelque prétendu Littéra-» teur, quand on oppose une digue trop puissante » au torrent de la mode, on est blâmé, sifflé même, » & quelquefois baffoué. Pour cueillir des roses » dans les champs que nous parcourons, il faut » être l'esclave du Spectateur & du Lecteur ».

Vous êtes esclave, & vous osez prétendre à l'immortalité ! Vous demandez des trônes, & vous ne méritez pas d'être citoyen ! Vous voyez des abîmes, & vous n'osez les franchir ! Au lieu de briser les autels de l'erreur, vous resserrez encore les nœuds de son bandeau ! Il vous faut donc des

---

(1) Quelques personnes trop indulgentes me diront peut-être : « Mais vous êtes Auteur, pourquoi mettre ce » mot, si » ? Voilà ma réponse ; elle peut servir à beaucoup d'autres. Pour mériter ce titre, il faut avoir composé un grand nombre d'Ouvrages, dont la sublimité soit reconnue de tout le monde. C'est profaner ce nom, que de le prodiguer à ceux qui bornent leur talent à chanter les beaux yeux d'Aglaure, mettent en Vers des Songes amoureux qu'ils n'ont jamais faits, & produisent mille bagatelles qui ne font aucune époque dans la Littérature.

ſceptres de fleurs, ſquelètes trop chétifs ; & vos mains, accoutumées à tenir les hochets de la ſtupidité, ne ſont donc pas aſſez fortes pour ſoutenir un ſceptre de fer ? Renoncez à paroître dans le cirque, ou la Raiſon réunit ſes Favoris. Ce ſeroit un lieu trop dangereux pour vous. Des ſifflets redoublés réveilleroient ſans doute votre attention, qu'ont aſſoupie les pavots de la flatterie ; & dans cette ſublimité que l'on vantoit en vous, vous ne reconnoîtriez plus que les traits de l'impudence. Quel eſtime pourroit-on concevoir d'un homme qui ne peut ſoutenir la rigueur de l'analyſe ? Vous, que j'attaque ici, ſi vous voulez toutefois trouver votre reſſemblance dans le miroir que je vous préſente, réfutez, s'il ſe peut, les objections que je vous fais ; détruiſez-les : vous-même me ſervez de preuve ; & la meilleure Satyre que je puiſſe lancer contre vous, c'eſt de renvoyer le Public à la lecture de vos pamphlets.

Quelle agitation s'empare de mon âme? Dieu !... quel avenir enchanteur !.... Mon ouvrage eſt achevé ; la preſſe gémit.... Quel plaiſir plus délicieux ?... Déja mon nom vole de bouche en bouche.... Ma jeuneſſe étonne ; je vois mille vieillards, glacés par l'hyver des ans, ſe ranimer au ſeul bruit de ma gloire : enfin, je ſuis imprimé ; mon écrit devient public ; les Cenſeurs empreſſés vont demander mon ouvrage chez Ducheſne.... Non, jamais ſatisfaction ne fut plus vive ni plus pure. J'avouerai même ma foibleſſe. Je tenois ſans ceſſe ma Brochure ; je ne la regardois pas, mais je la dévorois. Le ſoir, avant de me livrer au ſommeil, mes yeux ſe reportoient vers elle, & le matin, à mon réveil, elle fixoit mes premiers regards. Quelques rigoriſtes, qui ſe font une loi de paroître inſenſibles, vont me taxer d'orgueil; mais qu'on juge ma cauſe, & qu'on la juge au Tribunal du bon Sens, j'oſe même dire, de la Philoſophie. Répondez-moi, grands Sophiſtes.

L'imagination d'un véritable Amant n'eſt-elle pas toujours chaude & brûlante? Sa penſée n'eſt-elle pas toujours occupée du nom de ſa Maitreſſe? Ses rêves ne lui retracent-ils pas ſans ceſſe ſon image? Ne la trouve-t-il pas même plus belle que les autres? D'abord, il ne voit rien qui la ſurpaſſe: inſenſiblement l'amour s'altère; alors il connoît les défauts de l'objet qu'il adore. Une mère tendre ne voit dans ſon enfant rien que d'extraordinaire; elle l'embraſſe à chaque inſtant, elle le vante partout, & veut que par-tout on l'admire. Le conduit-elle dans un jardin? elle ſe cache derrière un maronnier; l'enfant cherche, eſt embarraſſé; cet embarras même lui ſemble ſpirituel: l'âge vient; à peine a-t-il vu quatorze printems, on ne parle plus que de ſes imperfections. Un Écrivain partage ces deux illuſions d'une mère & d'un amant, & ſa vanité ne peut réſiſter aux efforts du rigoriſme. On le critique, & la cenſure eſt le roc où vient échouer ſon amour-propre.

Vous, qui, jeunes encore, pouvez aiſément braver les écueils & les naufrages, chériſſez vos Antagoniſtes; c'eſt au creuſet de la Satyre que le talent s'épure, & parvient à cette ſublimité ſi rare que nous admirons dans nos ancêtres, & que nous devons deſirer pour nos contemporains.

FIN.

www.ingramcontent.com/pod-product-compliance
Ingram Content Group UK Ltd.
Pitfield, Milton Keynes, MK11 3LW, UK
UKHW020958220726
13924UKWH00002B/756